율도국 테마시집 ① 위로와 격려

가끔은 위로받고 싶다

김율도 엮음

율도국 테마시집 ① 위로와 격려

가끔은 위로받고 싶다

엮은이 / 김율도
펴낸이 / 김홍렬
펴낸곳 / 율도국
편집,디자인 / 김은영
영업 / 윤덕순
•
초판발행일 / 2009년 1 월 20 일
출판등록 / 2008년 07월 31일
•
주소 / 서울시 도봉구 창동 320 벤처센터 509호
우편번호 / 132-045
전화 / 02) 3297-2027
FAX / 0505-868-6565
홈페이지 / http://www.uldo.co.kr
메일 / uldokim@paran.com
•

율도국 테마시집 ① 위로와 격려

가끔은 위로 받고싶다

김율도 엮음

도서출판 율도국

□ 서문

세상에 한 권의 시모음집을 내보낸다. 세상엔 수많은 시 모음집이 이미 널려있는데 또 한편의 시집을 내보낸다는 것에 어떤 의미가 있을까.

시집은 읽히기 위해 있는 것인데 제대로 읽히기나 할까. 종이 낭비라고 혹 우려하는 이는 없을까.
그러나 이 시집은 명확한 목적을 가지고 태어났다. 세상 어느 것이든 목적없이 태어나는 것이 있을까마는 이 시집은 조금은 다른 점을 가지고 있다.

우선, 마음을 치유하는 힐링포엠인데 거기에 더하여 테마를 가지고 있다. 시리즈의 첫 번째로 위로와 희망이라는 주제만을 모은 시이기에 침체된 시기에 미래에 대한 꿈을 꾸고 암울한 마음을 밝고 유쾌, 명랑하게 치유할 수 있을 것이다.

또한 내용은 밝다. 내면 세계로 들어가라는 것보다는 생활 속에서 용기와 힘을 주는 시편들이라는 것이 차별점이다. 때로는 유머러스하게, 때로는 역설적으로, 때로는 강하게, 때로는 부드럽게 용기와 희망을 주고 있다.

그리고 유명 시인들의 구색맞추기보다는 시의 내용 위주로 선별 했기에 유명인보다는 무명시인일 지라도 내용이 테마에 맞는 것 위주로 선정했다. 잘 알려지지 않은 좋은 시를 발굴한다는 심정으로 시를 찾았다.
이 시집을 엮기 위해 생각보다 시간이 많이 걸렸다. 단순히 시만 모아 엮는 것이 아니라 저자의 정보도 함께 수록했기에 시간이 두배로 많이 걸렸다.

그리고 테마에 맞는 시를 고르느라 몇 천편의 시를 읽었다. 덕분에 시의 파라다이스를 여행할 수 있었다. 평소에 알고 있었던, 위로와 희망이라는 테마에 맞는 시도 있었지만 이번에 새로 알게 된 시도 많았다. 그리고 내가 알고 있으면 다른 사람들도 알고 있으리라는 생각에 가급적이면 덜 알려진 시로 선별하고자 했다.

형식과 미학보다는 내용과 메시지 위주로 선별했다. 그리고 이해하기 쉽고 마음의 공감대가 형성되는, 쉬운 시 위주로 시를 선별했다. 몇몇 소수가 즐기는 시가 아닌 대다수의 마음을 어루만지는 시를 골랐다. 그래서 간혹 시가 아닌 것도 있다. 내용 위주로 골랐기에 시처럼 분장시킨 것도 있다

이해하기 다소 어려운 시나 부연설명이 필요한 시는 해설을 붙였다. 시는 이해가 되어야 한다는 것이 나의 평소 생각이기 때문에 다소 어려운 시는 친절하

게 풀어주었다.

특히 시를 처음 접하는 사람에게는 시를 풀어서 설명했을 때 재미를 느끼고 이해와 감상에 큰 도움이 된다.

이미지가 강한 시, 이미지가 중첩된 시, 은유가 독특한 시도 나름대로 의미가 있으나 이 시집은 대중성을 우선적으로 한 시집이기에 쉽게 이해할 수 있도록 배려했다.

선별 작업을 하면서 나의 마음을 울리고 사람들에게 다가가 불꽃이 될 시를 건져올리는 그 환희란 이루 말할 수 없다.

릴케는 말했다.

시는 감정이 아니고 경험이라고.

'시는 언제까지나 끈질기게 기다리지 않으면 안된다. 일생동안, 그것도 칠십년 또는 팔십년 걸려서 우선 벌처럼 꿀과 의미를 모아야 한다.

그래야만 비로소 나중에 열줄의 훌륭한 시를 쓸 수 있을 것이다.

왜냐하면 시는 사람들이 생각하고 있는 것처럼 감정이 아니다. 시가 만일 감정이라면 젊어서 이미 충분히 가지고 있을 것이다. 시는 바로 경험인 것이다.'

또한 릴케는 한 줄의 시를 위하여 도시, 여러 인간들, 여러 사물들을 알아야 한다고 했다. 동물에게 배워야 하고 새들의 나는 법을 느낄 수 있어야 한다고 했다.

임산부의 울부짖는 소리, 가볍고 흰옷에 감겨 잠자며, 산후조리를 하는 여인들, 시인은 이런 모든 것을 추억으로써 지니고 있어야하고 죽어가는 사람의 임종도 당해 봐야 하고, 죽은 사람을 위한 밤샘도 해봐야 한다고 한다.

동서고금 시인들의 경험을 간접적으로나마 경험함으로써 폭넓은 체험으로 인생에 의연함을 지니게 되리라.

부디 이 시편들이 만성 우울증 시대에 사는 사람들에게 다가가서 조금이나마 우울한 마음을 어루만져 줄 수 있는 역할을 해주길 바란다.

그리하여 새로운 경험으로 새로운 마음을 간직하고 변화되었으면 한다.

김율도

차례

Ⅰ. 용서와 위로

Ⅱ. 사랑과 치유

Ⅲ. 용기와 의지

Ⅳ.희망과 변화

Ⅰ. 용서와 위로

가끔은 위로받고 싶다

살아있다는 것이 너무 힘들때
세상 사람 모두 죽이고 싶을 때
그 누구에게라도
가끔은 위로받고 싶다

마음은 동전같아
죽이고싶은 마음 뒷면에
사랑하고싶은 마음이 있어, 라고

가만 눈을 감으면
따뜻한 네 깊은 속 마음이 보이지
눈물에 가려 보이지 않을 땐
큰 울음을 터뜨려 울고나면 보이지
햇살인 듯 너를 감싸주는
네 속의 목소리
잊지 마, 너의 본성은 자연에 순응하고
기상이변에 강하다는 것을

이렇게 가끔은 위로 받고 싶다
요쿠르트 하나만으로도 따뜻함과
소중한 진심을 전달할 수 있어,라고

김율도 Kim uldo
(1965 ~ ,한국의 시인)

병은 사람의 마음밭을 갈아준다

강이 범람하여
흙을 파서 밭을 일구듯
병은 모든 사람의 마음밭을 파서 갈아준다
병을 올바르게 이해하고
그것을 견디는 사람은
보다 깊게, 보다 강하게, 보다 크게 거듭난다

설령 병에 걸렸다 하더라도
그것을 통해 교훈을 얻을 것
오히려 아픔을 밑거름으로 하여
더 나은 미래를 경작하도록 할 것

칼 힐티 Carl Hilty
(1833년 ~ 1909년, 스위스의 시인)

세상의 길

세상에는
많은 길들이 있는 것 같지만
결국은 한 길입니다

그러나 사람은 한 사람이 아닙니다
결국 많은 사람들이 한 길을 갑니다
그러나 참 다행입니다
한 사람에게 한 길 씩 나 있습니다

더 다행인 것은
그 한 길을 가는 방법이
참으로 다양하다는 것입니다

그래서 기꺼이 그 길을 갑니다
그 길에 가깝기 위한
여러 방법의 시행착오를 겪으며
오늘도 묵묵히 그 길을 가는 것 같습니다

으랏차차 힘내다가
어느날 뻥하니 뚫려버릴 그 길을 말입니다

작자미상

용서에 대하여

베드로는 예수께 물었다.
주여, 형제가 내게 죄를 범하면
몇 번이나 용서하여 주리이까?
일곱 번까지 하오리까?
예수는 말했다.
일곱 번 뿐 아니라 일곱 번에 일흔 번까지 용서하라
(마태복음 18:21-22절)

용서는 무조건 참고 견디는 것은 아닙니다
용서는 조건이 없는 것이고
기억하지 않는 동시에
잘못이 있기 전으로 환원시키는 것입니다

용서는 상처의 결과로 생긴
감정까지 흘려보내는 것입니다
용서는 잘못이라는 상대의 기록을
깨끗히 지워버리는 것입니다

용서는 보복할 수 있거나
원한을 가질만한 권리도
깨끗히 포기하는 것입니다

그래서 용서는 연약한 것이 아니라
강한 것입니다

용서는 상대방의 마음이 아니라
내 마음을 수술하는 것입니다
용서는 잘못을 빌 때까지
기다리는 것이 아니라
내가 먼저 찾아가는 것입니다

작자미상

해설) 누군가를 용서하지 않는 것은, 자신에게 독이 된다. 용서는 상대방을 위한 화해이기도 하지만 결국은 자기 자신을 위한 것이다. 용서하지 않고 마음 속에 앙금만 남아있으면 자신만 괴로울 뿐이다.

기쁨과 슬픔에 대하여

기쁨이란 슬픔이 가면을 벗은 것이다
그대의 웃음이 솟는 그 샘이 때로는
그대의 눈물로 솟으니 슬픔과 기쁨의 뿌리는 같다
어떻게 그렇지 않을 수 있겠는가?

그대가 슬픔을 속으로 깊이 새길수록
더 많은 기쁨을 지니게 되리라
포도주를 담는 바로 그 잔이
도예가의 가마에서 구워진 바로 그 잔 아닌가?
칼로 아프게 판 그 나무가
그대 영혼을 달래는 피리가 아닌가?

그대 기쁠 때, 마음 깊이 들여다 보면
그대는 알게 되리라
그대에게 슬픔을 주었던 바로 그것이 그대에게 기쁨을 주었다는 것을
그리고 슬플 때도 마음속 깊이 들여다 보면
그대는 알게 되리라
그대에게 기쁨을 주었던 바로 그것 때문에 그대가 지금 슬픔에 젖어 있음을

어떤 이는 말한다
"기쁨이 슬픔보다 위대해"
또 어떤 이는 말한다

"아니야, 슬픔이 기쁨보다 위대해"
그러나 나는 말한다
"그 둘은 서로 나눌 수 없는 것"

슬픔과 기쁨은 언제나 함께 온다
그리고 슬픔과 기쁨중 하나가
그대의 식탁에 혼자 앉아 있을 때,
기억하라, 다른 하나는 그대의 침대에 잠들어 있다는 것을

그대는 슬픔과 기쁨 사이에 저울처럼 매달려 있는 존재다
그대가 자신을 텅텅 비웠을 때만이
그대는 균형을 이루어 평안하리라
그리하여 하늘의 보물을 지키는 이가
자신의 금과 은의 무게를 달고자
그대를 들어 올릴 때
그대의 기쁨과 슬픔 또한 오르내려야 한다

칼릴 지브란 Kahlil Gibran
(1881년 ~ 1931년, 레바논의 시인)

산골물

괴로운 사람아 괴로운 사람아
옷자락 물결 속에서도
가슴 속 깊이 돌돌 샘물이 흘러
이 밤을 더불어 말할 이 없도다
거리의 소음과 노래부를 수 없도다
그신듯이 냇가에 앉았으니
사랑과 일을 거리에 맡기고
가만히 가만히
바다로 가자,
바다로 가자

윤동주 Yoon Dong Ju
(1917년 ~ 1945년, 한국의 시인)

해설) 시인은 괴로우면 바다로 가자고 한다. 그것도 하나의 방편이 될 수 있다. 괴로우면 산으로 가자고 할 수도 있고 바다로 가자고 할 수도 있다. 그러니까 자연으로 가자. 자연이 마음을 치유하는데 큰 힘이 되는데 그 이유는 아마 우리는 자연에서 와서 그럴 것이다.

위로

거미란 놈이 흉한 심보로 병원 뒤뜰 난간과 꽃밭 사이 사람 발이 잘 닿지 않는 곳에 그물을 쳐 놓았다. 옥외 요양을 받는 젊은 사나이가 누워서 쳐다보기 바르게...

나비가 한 마리 꽃밭에 날아들다 그물에 걸리었다.

노오란 날개를 파득거려도 파득거려도 나비는 자꾸 감기우기만 한다. 거미가 쏜살같이 가더니 끝없는 끝없는 실을 뽑아 나비의 온몸을 감아 버린다. 사나이는 긴 한숨을 쉬었다.

나이보담 무수한 고생 끝에 때를 잃고 병을 얻은 이 사나이를 위로할 말이... 거미줄을 헝클어 버리는 것밖에 위로의 말이 없었다.

윤동주 Yoon Dong Ju
(1917년 ~ 1945년, 한국의 시인)

해설) 병원에 입원중인 사나이가 거미줄에 걸린 나비를 보고 자신의 모습을 보는 것같아 비통에 잠긴다. 이 때 이 모습을 본 시인이 할 수 있는 말은 없고 다만 거미줄을 헝클어버림으로써 위로를 대신한다. 말 한마디보다 행동으로 해결을 하는 모습이 참 시원하다. 이렇듯 위로는 말을 할 수 없을 때는 행동으로 하는 것도 좋다.

독이 든 나무

나는 친구에게 화가 났다
화났다고 말했더니 화가 사라졌다
나는 원수에게 화가 났다
아무 말 안했더니 화가 더욱 자랐다

밤낮으로 울면서
두려움의 눈물로 나무에게 물을 주고
부드럽게 속삭이는 가짜웃음으로
햇빛을 비춰 주었다

나무는 밤낮으로 자라나서
탐스런 열매를 맺었는데
반짝이는 열매를 본 원수가,
그것이 내 나무임을 알아냈다

밤이 되어 어둠이 별빛을 가리자
그가 내 밭에 몰래 숨어들었다
아침에 나는 너무 기뻤다
나무아래 길게 뻗어 있는 원수를 보았기에

윌리엄 블레이크 William Blake
(1757년 ~ 1827년, 영국의 시인, 판화가)

해설) 화가 날때는 차분하게 표현하라. 시인은 친구와는 화해했다. 나무아래 길게 뻗은 것이 친구가 아니라 원수라 다행이기에 기뻤다는 것이다

불행이 찾아왔을 때

그대 가장 불행하다고 생각될 때
세상에는 그대가 해야 할
무엇인가 있다고 믿으세요

그대가 다른 사람의
고통을 덜어 줄 수 있으면
그대의 인생은 실패하지 않은 것입니다

헬렌 켈러 Helen Keller
(1880년 ~ 1968년, 미국의 사회 사업가)

그 새끼들을 용서함

축구선수 시절 시합졌다고 열 세살 가슴팍에
이단 옆차기 했던 감독새끼
어린 맘에 상처주어 축구화 벗게 만든
그 새끼 용서한다
현충일 선열공원에서 내 왼쪽 허벅지에
칼침놓았던 양아치 새끼들
끝난 게임 알뜰하게도 내 면상까지
밟아 놓았던 그 새끼들 용서한다
군대 시절 이유없이 갈구던 대대 주임원사새끼
먹물 티낸다고 군생활 암울하게 만들었던
그 새끼 용서한다

그래 오늘 기분이다
내 인생에 태클 걸던 그 모든 새끼들
오늘 여기와서 면죄부를 받아가라
앞으로 밤길에 뒤통수 맞을 일도
마른 하늘에 날벼락 맞을 일도 절대 없다
다 봐준다 이제 가슴 펴고 살아라

그러나 단 한새끼
주민번호 칠삼공구공삼 일XX팔XX삼
지 잘난 맛에 사는 미친 새끼
어슬프게 시 한줄 외우고

틈만 나면 우울해 하는 한심한 새끼
남들 다 저 걱정 하는 줄 모르고
딴엔 남 걱정에 밤새는 아주아주 미련한 새끼
결국은 저 살고 싶은 대로 살았으면서도
제 인생은 부모의 각본이라며
도리도리 고개 젓는 비겁한 새끼
넌 용기가 없어서 사랑도 못잡았지
인생이란 도박판이 아직 만만하게 보이냐
소름돋도록 싫건만 떼어 버릴수 없는 새끼
못난 새끼 이제 그만 울어라
곧 날 밝는다
사람들 온다

그래, 이제 다 울었냐
떠날 준비는 다 되었냐
남은 건 얼마 안남은 젊음 밖에 없다
가져가서 오지마라
절대로 돌아오지마라
나쁜 새끼야
잘가라!!

작자미상

미운 마음이 들때

어떤 것에 대해 미운 마음을 품거나
자기가 억울한 일을 당했다고 해서
꼬치꼬치 캐고 들거나 속상해하면서
세월을 보내기에는
우리 인생이 너무 짧은 거란다.

'제인 에어' 중에서

샤롯 브론테 Charlotte Bronte
(1816년 ~ 1855년, 영국의 작가)

시간을 잃어버린 것이 아니다

자꾸 자꾸
나는 잃어버린 날들을 슬퍼했습니다
그러나 결코 시간을 잃은 것이 아닙니다
나의 주인이시여
내 생의 순간순간 모두
그대의 손으로 잡으셨습니다

그대는 만물 속에 숨어
씨앗을 길러 싹트게 하시고
봉오리를 만들어 꽃을 피우시고
풍성한 열매를 맺게 하셨습니다

나는 피곤하여 쓸쓸히 침대에 누워
모든 것이 끝났다고 생각했지만
아침에 깨어 보니
정원은 꽃들의 기적으로 가득하였습니다

라빈드라나트 타고르 Rabindranath Tagore
(1861년 ~ 1941년, 인도의 시인)

해설) 살아온 날들은 결코 헛된 시간이 아니다.
모든 것이 끝났다고 생각할 때 포기하지 않는다
면 기적같은 날들이 펼쳐질 것이다

행복은 실현될 수 있다

나는 세상을 사랑하지 않았다.
또한 세상도 나를 사랑하지 않았다
나는 그 역겨움 밑에서 아부하지 않았고
마음에 없는 웃음을 지어본 일도 없었고
허황된 메아리로 소리 높여 외쳐본 일도 없었다.

내 간혹 속된 무리 속에 끼어 있어도
그들은 나를 그들 중의 하나로 대하지 않았다.

우리 서로 선한 적으로 헤어지자.
세상은 나를 배신했어도 나는 믿으리라.
진실이 담긴 말과 속임수를 모르는 희망과
자비로운 미덕과 사람을 시들게 하는
함정을 팔 줄 모르는 미덕이 있으리라는 것을

나는 믿는다.
남의 슬픔에 진정으로 같이 울어주는 자 있고
두 사람
아니, 한 사람쯤은 그 겉과 속이 같은 이가 있고
선이란 이름뿐이 아니고
행복은 꿈만이 아니라는 것을

바이런 George Gordon Byron
(1788년 ~ 1824년, 영국의 시인)

언덕길

길이 언덕 위까지 구불구불한가요?
　네, 끝간데 없이 그래요
오늘 목적지는 하루 종일 걸릴까요?
　아침부터 밤까지 가야 해요. 친구여

그런데 밤에 쉴 곳은 있을까요?
　어두워 지면 집 한 채가 보이죠
혹시 보이지 않을 수도 있을까요?
　그 여인숙은 반드시 찾을 수 있어요

밤에 다른 여행자들을 만나게 될까요?
　먼저 간 사람들을 만나겠죠
그럼 문을 두드려야 하나요, 불러야 하나요?
　그대를 문 밖에 세워두지는 않을 거예요

여행에 지치고 약해진 몸, 평안을 얻게 될까요?
　물론, 고생한 대가를 얻겠죠
나와 다른 이들 모두 잠잘 곳이 있을까요?
　그럼요, 누가 찾아오든 잠자리는 있어요

크리스티나 로제티 Chrisnina Rossetti
(1830년 ~ 1894년, 영국의 여류시인)

서정시를 쓰기 힘든 시대

나도 안다. 행복한 사람만이
사랑받고 있음을 그의 음성은
듣기 좋고, 그의 얼굴은 잘 생겼다

마당의 나무가 구부러진 것은
토양이 나쁘기 때문이다 그러나
지나가는 사람들은 항상 나무를
못생겼다 욕할 뿐이다

내 눈에는 바다의 산뜻한 보트와
즐거운 돛단배들은 보이지 않는다
내게는 무엇보다도
어부들의 찢어진 그물이 보일 뿐이다
왜 나는 자꾸
40대의 땅없는 농부의 처가
허리를 구부리고 걸어가는 것만 이야기하는가?
처녀들의 젖가슴은
예나 지금이나 따스한데

시를 쓰면서 운을 맞추는 것은
내게는 사치스러운 일이다
꽃피는 사과나무에 대한 감동과
엉터리 화가의 연설에 대한 경악이

나의 가슴 속에서 다투고 있다.
그러나 바로 두 번째 것이
나로 하여금 시를 쓰게 한다.

베르톨트 브레이트 Bertolt Brecht
(1898년 ~ 1956년, 독일의 시인, 극작가)

해설) 제지공장 직원의 아들로 태어난 브레이트는 이 시에서 엉터리 화가라고 비유한 히틀러의 연설에 경악하여 시를 쓴다고 한다.
어느 나라, 어느 시대이든 서정시를 쓰기 힘든 시대는 있다. 한 때 우리에게도 서정시를 쓰기 힘든 시대가 있었다.
시대가 나를 미치게 하는 경우가 종종 있다. 내가 미치는 것은 내 책임이 아니고 그 시대 책임이다. 그렇게 생각하자.
시대와 정신병원에 입원하는 환자수의 상관관계를 연구해 보면 재미있을 것 같다.
한국의 어느 시인은 '40대인 농부의 부인이 허리를 구부리고 걸어가는 것' 을 이야기하는 것에 대해 관심을 끌기 위해서라고 해석했지만 이 시 전후좌우를 살펴보면 그렇지 않은 것 같다. 또한 브레이트의 망명 등 삶이 순탄치 않았음을 보면 알 수 있다. 시인은 힘든 시대에도 가열차게 살았던 것이다.

길없는 숲에 기쁨이 있다

길 없는 숲에 기쁨이 있다
외로운 바닷가에 황홀이 있다
아무도 침범치 않는 곳
깊은 바다가, 그 함성의 음악에 교류가 있다

난 사람을 덜 사랑하고 자연을 더 사랑한다
이러한 우리의 만남을 통해
현재나 과거의 나로부터 물러나
우주와 뒤섞이며, 표현할 수는 없으나
온전히 숨길 수 없는 것을 느낀다

바이런 George Gordon Byron
(1788년 ~ 1824년, 영국의 시인)

해설) 자연으로 돌아가고싶고 자연을 동경하는 시인의 마음을 볼 수 있다. 도시에 사는 사람들의 마음엔 자연으로 가고싶은 열망은 있는데 '먹고사는' 문제 때문에 가지못하는 스트레스로 살다가 몸이 아프면 비로소 자연으로 돌아가 요양한다. 몸이 아프면 그것이 자연으로 돌아가라는 신호이므로 이 때는 기꺼이 기쁨이 있는 숲으로 가자.

짧은시

죽고 싶지 않느냐고 물었더니
목에 난 흉터를 보여주는 술집 여자
*
무작정 가고 싶었을 뿐
탔던 기차 내리자 어디 더 갈데 없네
*
친구가 나보다도 훌륭해 보이는 날
꽃을 사서 집에 가서 아내와 논다
*
나무 등걸이에 한쪽 귀 대고
하염없이 껍질을 뜯다
*
장난하느라 어머니 업고 걸었는데
세 발자국을 못 걸었네 너무 가벼워서

이시카와 다쿠보쿠 Icikawa Takuboku
(1886년 ~ 1912년, 일본의 시인)

막심

누군가의 시에 있었던 것 같은데
누구였는지 생각나지 않는다
노동자였던가
아니면 연극 대사였을까
어쨌든 스스로 제 어깨를 두드리는 것 같은
이 말이 좋다
'막심, 어때? 푸른 하늘을 바라보지 않겠나.'

옛날에, 난 갖고 있었지
지저분한 레인코트와 꿈을
내가 좋아한 소녀는 죽었지
난 직장에서 쫓겨났어
공원 벤치에서 도시락을 까 먹었어
유치장에 갇히게 되었어
쇠창살 앞에서
죽도록 두들겨 맞았지
어느 날, 난 강변에서
스스로를 격려했어
'막심 어때? 푸른 하늘을 바라보지 않겠나.'

멍청한 세월에게 한 대 얻어맞고
이제는 웃으면서 얘기할 수 있지
하지만

해고도, 감옥도, 죽은 소녀도,
모두가 진짜였지
젊은 시절의 일들은 모두가 진짜였어
때 묻은 레인코트로 감싼
꿈도 미래도...

한 번 말해봐
만약 젊은 그대가 고생을 한다면
뭔가 제대로 안 돼서
스스로가 불쌍해지거든
그때는 좀 가슴을 펴고
옛날의 나처럼 말해봐
'막심 어때? 푸른 하늘을 바라보지 않겠나.'

스기와라 가쓰미 Skiwala Kasumi
(1911년~ , 일본의 시인)

해설) 우리는 답답할 때는 '가끔 하늘을 보자' 는 말을 자주 한다. 이러한 보편적 진리를 100여년 전 일본 시인도 느꼈다.
좋아한 소녀는 죽었고, 직장에서 쫓겨났고, 유치장에 들어갔고, 쇠창살 앞에서 죽도록 맞았다. 이토록 벼랑 끝까지 가더라도 스스로 격려하며 푸른 하늘을 보면 기분이 좀 더 나아질 것 같다. 막심은 러시아 문학가 '막심 고르끼' 를 말하는 걸까? 여기서 막심은 우리 모두이다. 그대 스스로가 불쌍해질 때 하늘을 보면 마음이 조금 좋아지리라.

위대한 사람은 이런 일을 한다

참으로 위대한 사람은 이런 일을 한다
나무통에 우유를 담고
따끔거리는 밀 이삭을 따는 일

미루나무 밑에서 송아지를 돌보는 일
숲속의 자작나무를 베는 일
지즐대는 시냇가에서 버들 바구니를 짜는 일

아이들 뛰어노는 잠든 지바퀴 새장 아래
늙은 고양이 곁 촛불 가에서
낡은 구두를 꿰매고 창을 가는 일

한 밤내 귀뚜라미 울때
덜거덕거리는 베틀짜는 일

빵을 만들고 포도주를 담는 일
마당에 양배추와 마늘씨를 뿌리는 일,
그리고 따스한 달걀을 걷는 일.

프랑시스 잠 Francis Jammes
(1868년 ~ 1938년, 프랑스 시인)
일생의 거의 전부를 자연 속에 파묻혀 자연의 풍물을 종교적 애정을 가지고 밝은 가락으로 노래하였다.

거지

거리를 걷고 있노라니 늙은 거지 하나가 나의 발길을 멈추게 한다. 눈물어린 충혈된 눈, 파리한 입술, 다 헤진 옷, 더러운 상처. 오오, 가난은 어쩌면 이렇게 처참히 이 사람을 갉아먹는 것일까!

그는 신음하듯 동냥을 청한다.

나는 호주머니를 모조리 뒤져 보았다. 지갑도 없다. 시계도 없다, 손수건마저 없다. 나는 아무 것도 가진 것이 없었다.

그러나 거지는 기다리고 있다. 나에게 내민 그 손은 힘없이 흔들리며 떨리고 있다.

당황한 나머지 나는 힘없이 떨고 있는 그 더러운 손을 덥석 움켜 잡았다.

"용서하시오, 형제, 아무 것도 가진게 없구려"

거지는 충혈된 눈으로 나를 바라보았다. 그의 파리한 두 입술에 가느다란 미소가 스쳤다. 그리고 그는 나의 싸늘한 손가락을 꼭 잡아주었다.

"괜찮습니다, 형제여" 하고 속삭였다.

"그것만으로도 고맙습니다. 그것도 역시 적선이니까요"

나는 깨달았다. 나도 이 형제에게서 적선을 받았다는 것을.

뚜르게네프 Turgenev
(1818년 ~ 1883년, 러시아의 작가)

웃을 줄 아는 별

사람들에 따라 별들은 서로 다른 존재예요

여행하는 사람에겐 별은 길잡이고
또 어떤 사람들에겐 그저 조그만 빛일 뿐이고,
학자인 사람에게는 연구해야 할 대상이고
사업가에게는 금이죠
하지만
그런 별들은 모두 침묵을 지키고 있어요
그대는 어느 누구도 갖지 못한 별들을
갖게 될거에요

왜냐구요?
밤에 하늘을 바라볼 때면
내가 그 별들 중의 하나에 살고 있을 테니까요
내가 그 별들 중의 하나에서 웃고 있을 테니까요
모든 별들이
다 그대에게는 웃고 있는 것처럼 보일거예요
그대는 웃을 줄 아는 별들을 가지게 되는 거예요
하하

생떽쥐베리 Saint Exupery
(1900년 ~ 1944년, 프랑스의 작가)

Ⅱ. 사랑과 치유

사랑을 위해 사랑하라

모든 사랑은 팽창한다
모든 이기주의는 수축한다
사랑은 삶의 유일한 방법이므로

사랑하는 사람은 살아가고
이기적인 사람은 죽어가고 있다

그러므로 사랑을 위해 사랑하라
그것이 삶의 방법이기 때문이다
당신이 숨쉬며 사는 것처럼

비베카난다 Vivekananda
(1863년 ~ 1902년, 인도의 사회개혁 지도자)

해설) 숨쉬며 사는 것처럼 사랑하는 것이 삶의 방법이
된다면 이 세상에 저주와 미움은 없으리

사랑은 진리

사랑할 때는
사상 따위는 문제가 안 된다
내가 사랑하는 여자가 음악을 좋아하는가
어떤가는 문제가 안 된다
결국 어떤 사상에도
우열을 결정하기란 힘들다
세상에는 오직
하나의 진리가 있을 뿐이다
그것은 서로 사랑하는 것이다

로망 롤랑 Romain Rolland
(1866년 ~ 1944년, 프랑스의 소설가)

해설) 사랑은 위대하다. 사랑에 있어서 국경은 장벽이 아니고 새로운 사랑의 모색이다. 사랑에 있어서 민족을 초월하고 사상을 초월하고 직업을 초월하고 장애를 초월하고 나이를 초월하는 것은 아름다운 사랑의 도전이다.

너와 나는 원래 하나였다

누구나 아는 사실이지만
처음에
우리는 하나였다
그러나 나는 사냥을 해야 했고
너는 식사를 준비해야 했기에
우리는 잠시 떨어졌다

우리는 원래 한 몸이었기에
너와 잠시라도 떨어지면
네가 미치도록 그리워진다
사냥하다 잠깐 쉴 때에도
네 생각에 안절부절 못한다
저녁때 다시 만날 수 있다는 것을 알면서도
너의 안부가 궁금해진다

물이 작은 언덕에 의해 갈라지듯
어쩔 수 없이 우리는 잠시 떨어졌지만
너와 나는 원래 하나였기에
오늘도 네 옆에서 자면서도 네 꿈을 꾼다

김율도 Kim uldo
(1965년 ~ , 한국의 시인)

실연 대처법

지금은 크나큰 아픔이겠지 그러나
그것이 훗날 아름다운 그림이 되리라
마치 지나간 차창의 풍경이
눈에 보이는 풍경보다 더 아름답듯이
그것을 깨닫기까지는 많은 시간이 필요하겠지만
새로운 사랑은 잘 실패하지 않으리라

이별은 배신이 아니야
이별은 단지 만났다 헤어짐의 단순한 의미야
그리고 이별의 반은 그대 책임이야
그러니 상대방을 반만 미워하고
반은 그대를 미워하되
실패는 실을 감을 때 쓰는 거라는 말장난을 하듯
웃으며 자책해야 해

어쩌면 내일이나 한 달 뒤에 다시
내성없는 새로운 사랑이 찾아오면
어디에서도 연애법을 가르쳐 주지않기에
사랑은 실패하면서 배울 수 밖에 없다고
말해야 해

의사의 수술이나
법원의 법관은 연수와 인턴으로
실수하지 않도록 배울 수 있으나

사랑은 혼자 터득해야 할 수 밖에

사랑도 자주 할수록 세련되어지니
자주 사랑해 볼 수 밖에
자주 실연당해 볼 수 밖에

김율도 Kim uldo
(1965년 ~ , 한국의 시인)

밤낮으로 필독할 것

내가 필요하다고
사랑하는 사람이 내게 말했다

그래서 나는
정신을 차리고 나를 돌본다
주위를 살피며 밖에 나간다
빗방울까지도 두려워하면서
그것에 맞아 살해당해서는 안되기에

베르톨트 브레이트 Bertolt Brecht
(1898년 ~ 1956년, 독일의 시인, 극작가)

해설) 시대적인 상황을 생각하지 않고 읽어도 사랑하는 사람을 위한 지고지순한 마음을 알 수 있다. 제1차 세계대전과 나치치하 은둔 망명생활의 시대에는 실제로 대낮에 길가다가 살해당하는 경우도 많았다고 한다. 이 사실을 알면 참으로 슬프고 안타깝다.
시인은 나를 위해서가 아니라 나를 필요로 하는 연인을 위해서 목숨을 지키려고 노력하는 것이다

아픔이 멎는 순간까지 사랑하리

사람들은 아픔을
느낄 때까지 사랑하라고 합니다
하지만 우리는 아픔이
멈출 때까지 사랑할 것입니다

그것은 그대의 사랑이
그대 자신의 한 부분이 되었을 때 이루어지며
무언가가 그대 사랑의 표현을 가로막을 때
일어나는 아픔입니다

헤아린다는 것은 한계를 의미하는 것
그러므로 헤아려 본다는 것은
사랑하는 마음에 한계를 긋고
그대 자신의 사랑에도
한계를 긋는 것

사랑은 헤아릴 수 없는 것
비교한다는 것 역시
하나의 헤아림이기에
한계를 긋는 것

산 사람을 다른 사람과 비교한다는 것은
한계를 긋고 제한하는 것입니다
우리 사랑은 한계도 없이

아무 것도 가로막는 것 없이
아픔이 멈추는 순간까지 영원합니다

에밀리 디킨슨 Emily Dickinson
(1830년 ~ 1886년, 미국의 여류시인)

상처

나는 덤불 속에 가시가 있다는 것을 안다
하지만 꽃을 찾던 손을 거두지는 않겠다
덤불 속의 모든 꽃이 아름답진 않겠지만
손을 더듬어 꽃을 찾지 않으면
꽃의 향기조차 맡을 수 없기에

꽃을 꺾기 위해서 가시에 찔리듯
사랑을 얻기 위해
내 영혼의 상처를 견뎌낸다
상처받기 위해 사랑하는 것이 아니라
사랑하기 위해 상처받는 것이므로

조르주 상드 George Sand
(1804년 ~ 1876년, 프랑스의 여류 소설가)

해설) 가시가 있는 것을 알면서도 꽃을 찾는 정열. 사랑을 얻기위해 영혼의 상처를 견뎌낸다. 조르주 상드는 연애박사다. 16세 때, 지방의 귀족과 결혼하였으나 1831년 두 아이를 데리고 집을 나와 파리로 옮겼다. 1832년 신문소설을 써서 유명해지면서부터 남장 차림으로 집필활동을 하였다. 그녀는 자유분방한 연애를 했다. 특히 시인 뮈세와 음악가 쇼팽과의 모성적인 연애사건은 찾아읽을 만 하다.

비수

어떤 사람이
비수처럼 느껴질 때
날카로운 것으로
당신의 마음을 마구 휘젓고
가슴 에이게 한다면

당신은 그를
사랑하고 있는 것이다

프란츠 카프카 Franz Kafka
(1883년 ~ 1924년, 체코의 소설가)

해설) 사랑하고 애착이 가기 때문에 그에게 화를 내고 짜증을 부리는 것이다. 사랑하지 않으면 아무런 반응이 없다. 소리치고 싸우는 대상에게 사랑을 그렇게 표현하는 것이다.
이 시는 잠재의식을 표현한 시로 어떤 사람이 비수로 느껴진다는 것은 그에게 예민하게 촉각을 곤두세우고 있는 것이다. 사랑하게 되면 나타나는 현상이다. 카프카는 사랑의 경험을 쓴 것이다.

나는 내가 사랑하는 유일자다

나는 내가 사랑하는 유일자다
그리고 내가 사랑하는 유일자는
나 자신이다
우리는 한 몸에 나타나는 두 영혼이다
만일 당신이 나를 만나면,
당신은 그를 만난다
만일 당신이 그를 만나면,
당신은 우리를 만난다

알 할라즈 Al Hallaj
(858년~922년,페르시아 출신의 이슬람교 신비사상가)

해설) 알듯 말듯한 이야기지만 결국은 나를 사랑하자는 이야기다. 다른 사람이 나를 사랑해 주기를 기다리는 것은 너무 막연하다. 나는 나를 사랑해야 한다.
그것은 다른 사람을 사랑하기 위한 첫단추다.

개에게 배울 수 있는 교훈

1. 즐거운 드라이브 기회를 놓치지 말것
2. 사랑하는 사람이 집으로 돌아오면 언제나 뛰어나가서 맞이할 것
3. 원하는 것이 있어도 보채지 말고 다른 사람들이 내 영역을 침범하면 그 사실을 알려줄 것
4. 매일 뛰고 장난치며 놀고 신의를 지킬 것
5. 거짓으로 그런 척 하지말 것
6. 원하는 것이 묻혀 있으면 찾을때 까지 땅을 팔 것
7. 누군가 우울하게 말이 없다면 그 곁에 말없이 앉아 다정하게 코를 비빌것
8. 으르렁거리는 것으로 충분할 땐 물어뜯지 말 것
9. 행복하면 온 몸을 흔들며 춤출 것
10. 아무리 자주 비난 받는다 해도 불공평 하거나 입을 삐죽 내밀지 말것
11. 대신 뒤로 돌아 친구를 만들러 뛰어갈 것

작자미상

실연에 대한 처방전

세상에서 병원을 제일 무서워하는 소녀가 있었어
어느 날 소녀는 아프게 된거야
소녀는 견디지 못해 병원에 갔어
검사를 받았는데 '몹쓸병' 이래
'이별' 이라는 병인데.. 아주 '몹쓸병' 이라고
하지만 병을 고칠 수 있는 방법이 있다고

간호사는 소녀에게 '커다란 왕주사' 를 보여주며
이 주사를 맞으면 조금 괜찮아 질거라고 했지
소녀는 기분이 조금 괜찮아졌음을 느꼈어
간호사는 소녀에게 처방전을 건네주었지

처방전

1. 사랑한 만큼만 아파하세요.
2. 울고 싶으면 울고 싶은 만큼 우세요.
3. 그리우면 사랑한 만큼만 그리워 하세요.
4. 사랑을 후회하지는 마세요.
5. 몸을 피곤하게 하여 일찍 잠자는 것 또한 도움이 됩니다.
6. 사랑의 흔적은 천천히 지워가세요.
7. 다른 사랑의 도움을 받는 것도 좋은 방법입니다.
8. 자신을 소중히 하세요.

주의할점

1. 미련을 남겨두지 마세요.
2. 잊지 못하겠다면 그저 추억으로만 남기세요.
3. 모든것을 포기하지 마세요.
4. 시간이 흐른 뒤에 같은 실수 반복하지 않도록
   주의하세요.
5. 건강을 헤치지 않도록 주의하세요.

소녀는 처방전대로 울고싶을때 울고
하고싶은대로 하면서 병을 고치려고 노력했어
그래서 병을 고쳤냐구
아니~ 소녀는 아직도 노력하는 중이래

(병을 고칠때까지 걸리는 시간은 상대방을 얼마
나 사랑했는지를 알려주는 것과 같다.)

작자미상

상처는 사랑의 선물

때린 사람이건, 맞은 사람이건
누구나 다 상처를 받는다
상처받지 말고 편하게 살아야지, 하면서도
결국에 또 상처받는다

노래방을 가보면
많은 사람들이 내 노래를 불러주고 있다
가사는 내 심정을 말하고 내 아픔을 겪고 있다

사랑했나요?
네, 과거의 한 순간일 뿐이지만,
헤어질 땐 너무 싫어 박박 악을 썼을지언정
사랑에 대해 네, 라고 말하기 위해서 필요한 건
상처다

처음엔 몸부림치다가도 서서히
그 아픔에 길들여져 아파지지 않는 것
상처를 당연히 인정하고 받아들이는 것
상처가 있어야 새살이 난다는 것
그것을 아는 것이 사랑이고
사랑하고 난 후의 사람들이 해야 할
마지막 뒷정리이다

작자미상

나만 괴로운 것이 아니다

사랑으로 괴로운 이여,
나만 괴로운 것이 아니다
내색하지 않아서 그렇지 그도 마찬가지다
어쩌면 그는 나보다 더한 고통을
참고 있는지도 모른다
자기만 괴롭다고,
왜 자기에게만 이런 고통을 내리느냐고
하늘을 원망하지 말 것

원래 사람에게 배당된 고통의 양은
눈꼽만치도 차이가 나는게 아니다
다만 받아들이는 자세에 따라
차이가 날 뿐

괴로움이란
일정한 무게가 있는 것이 아니라
받아들이는 자세에 따라
가벼울 수도 무거울 수도 있다

작자미상

내가 너에게 간다는 것은

내가 숲에 간다는 것은
언제 튀어나올지 모를
야생동물을 다 감당한다는 것이다

내가 너에게 간다는 것은
언제 화낼지 모르는 너를
감당한다는 것이다

내가 숲에 간다는 것은
숲의 벌레와 해충이라 여기는 것을
받아들인다는 것이다

내가 너에게 간다는 것은
너의 허물과 단점을 받아들인다는 것이다

사람들이 해충이라 여기는 벌레도
내 몸에 오래 살다보면
어느 순간에는 이로운 것이 될 수도 있다

너의 치명적인 결점도
나에게 오면
나에게 필요한 것이 될 수도 있다

내가 바다에 간다는 것은

빠질지 모르는 위험을 알지만
물과 내가 하나 되어
내가 물 속 깊이 가라앉아
내가 영원히 물이 되어도 좋다는 것이다

김율도 Kim uldo
(1965년 ~ , 한국의 시인)

진정으로 사랑한다는 것은

진정 사랑한다는 것은
이별을 눈물로 대신하는 것이
절대로 아닙니다

곁에 있던 사람이
먼길을 떠나는 순간,
사랑의 가능성이 모두
사라져 간다 할지라도
그대 가슴속에 남겨진
그 사랑을 간직하면서
사랑하는 마음을 버리지 않는 것이
진정으로
사랑한다는 것입니다

프리드리히 쉴러 Friedrich Schiller
(1759-1805, 독일의 시인)

Ⅲ. 용기와 의지

헛되지 않으리

내가 만일
상처 받는 마음 하나
멈추게 할 수 있는 능력이 있다면,
내 삶은 헛되지 않으리

누군가의 아픈 마음과 고통을
달랠 수만 있다면,
혼절하는 로빈 새 한마리를 도와주어
둥지로 다시 돌아가게 해 줄 수 있다면,
내 삶은 헛되지 않으리

에밀리 디킨슨 Emily Dickinson
(1830년 ~ 1886년, 미국의 여류시인)

해설) 에밀리 디킨슨의 시에는 대부분 제목이 없다. 이 시의 원 제목은 '돌아오라는 부름을 받다' 인데 그녀가 직접 쓴 자신의 묘비명이다. 이 시는 난해한 그녀의 시중에서 쉽게 이해되는 시인데 누군가의 고통을 달래줄 수만 있다면 헛되이 살지 않았다는 것이다. 자기 삶이 괴로우면 남을 한 번 돌아보라. 그들을 도와줘 보라. 그럼 새로운 기쁨이 생기고 헛되지 않게 살게 된다는 지혜와 해결책을 알게 될 것이다.

나는 작은데

나는
사람들 눈에 띄지도 않을 만큼
작은데
이 큰 사랑이
어떻게 내 몸안에 있을까?

네 눈을 보아라,
얼마나 작으냐?
그렇게 작은 눈으로
저 큰 하늘을 보지 않느냐

잘랄루딘 루미 Jalaluddin Rumi
(1207년 ~ 1273년, 페르시아의 시인이자 신비가)

해설) 조금 이상한 비유지만 눈작은 동양인들에게는 딱 맞는 것 같다. 우리 귀는 그렇게 작은데 모든 소리를 다 듣는다. 우리 뇌는 그렇게 작은데 100층 높이의 빌딩을 세운다.

오늘은 울지 말라

오늘은 울지 말라, 이 슬픔은 왜 있는가?
방해받지 않고 너를 억누르는
이 눈물을 극복하기 위해
현재의 두려움 속에서 배워라

네 과거의 용기와 미래의 찬사를 생각하라
불쾌한 불평 속에서나
더 유쾌한 삶의 기원 속에서
일어서라, 슬픈 가슴이여, 쓰러지지 말라

네 생명은 날마다 줄어든다
어두운 무덤의 평화가 분명히 다가온다
편안한 밤과 이별할 때
잠자는 것이 끝나지 않을 것이다

싸워라, 투쟁 속에 있어라, 네 죽음은
머나먼 일이 아니다, 이상한 일이 아니다
이 슬픔과 같이 다가오고 있는 것이다
그리고 그 날은 오늘일지 모른다

로버트 브리지스 Robert Bridges
(1844년 ~ 1930년, 영국의 계관시인)

위대한 사람은

위대한 사람은 단번에 그와 같이
높은 곳에 뛰어 오른 것은 아니다
동료들이 단잠을 잘 때
그는 깨어서 일에 몰두했던 것이다
인생의 묘미는
자고 쉬는 데 있는 것이 아니라,
한 걸음 한 걸음 앞으로 나아가는 데 있다
무덤에 들어가면 얼마든지
자고 쉴 수 있다
자고 쉬는 것은 그때 가서 실컷 하도록 하자
살아 있는 동안은 생명체답게
열심히 활동하자
잠을 줄이고 한걸음이라도
더 빨리 더 많이 내딛자
높은 곳을 향해, 위대한 곳을 향해

로버트 브라우닝 Robert Browning
(1812년 ~ 1889년, 영국 빅토리아조(朝)의 대표 시인)

해설) 무덤에 들어가면 얼마든지 자고 쉴 수 있다고 한다. 웃음짓게 만드는 대목이다. 한 연구에 의하면 개미들중에서도 모두 다 열심히 일하는 것은 아니라고 한다. 게으름 피우는 개미도 있다고 한다. 인류가 점진적으로 발전하게 된 이유는 앞으로 전진하는데 있었다. 7가지 죄악중 하나는 게으름이다. 천천히 가는 것과 게으름은 다르다.

바람과 돛

바람은 같은 방향에서 불어오지만
한 척의 배는 동쪽으로,
다른 한 척은 서쪽으로 항해한다
항해를 결정하는 것은 바람이 아니라
돛이다

운명 또한 바다바람 같아서
우리가 인생을 항해할 때
목표를 결정하는 것은
평온한 바다도 투쟁도 아닌
나의 의지이다

엘라 휠러 윌콕스 Ella Wheeler Wilcox
(1850년 ~ 1919년, 미국의 시인)

오늘에 의지하여 살라

오늘에 의지하여 살라
오늘의 짧은 행로 속에 우리의 모든 진리와
현실이 숨어 있으니
성장의 즐거움도
행동의 영광도
업적의 광채도
어제는 한낱 한 조각의 단꿈에 지나지 않으며
내일은 다만 환영에 지나지 않는다

그러나 오늘에 의지하여 최선을 다한다면
우리의 모든 어제는
행복의 꿈이 될 것이며
우리의 모든 내일은
희망의 빛이 될 것이다

그러므로
오늘에 의지하여 최선을 다하라

데일 카네기 Dale Carnegie
(1888년 ~ 1955년, 미국의 컨설턴트)

젊은이들에게

가라! 네 눈짓을 따르라
너의 젊은 날을 이용하고,
배움의 때를 놓치지 마라

거대한 행운의 저울 위에
지침이 평형을 이루는 순간은 드물다
너는 올라가든가 아니면 내려가야 한다

너는 이기고 지배하든가
아니면 지고나서 굴복해야 한다
이겨서 위풍당당하든가 쓴맛을 삼키든가
망치가 되든가 모루가 되어야 한다

* 모루 : 단조(鍛造)나 판금(板金)작업 때 공작재료를 얹어놓고, 해머로 두드려 가공하는 대(臺)로 앤빌이라고도 한다.

요한 볼프강 본 괴테 Johann Wolfgang von Goethe
(1749년 ~ 1832년, 독일의 작가)

해설) 인생은 굴곡이 있는 것이다. 시소처럼 올라갔다가 내려오는 일이 있는 것이다. 올라간다고 마냥 우쭐댈 것이 아니고 내려간다고 너무 침울해 할 필요는 없다. 올라가면 푸른하늘, 내려오면 꽃동산을 만들어야 하리.

만약에

만약에 그대가 모든 걸 잃었고
모두가 그대를 비난할 때
그대 자신이 고개를 똑바로 쳐들 수 있다면,

거짓이 유혹하더라도 거짓과 타협하지 않으며
미움을 받더라도
쓰러지지 않을 수 있다면,
그러면서도 너무 선한 체하지 않고
너무 지혜로운 말들을 늘어놓지 않을 수 있다면,

만약에 그대가 꿈을 갖더라도
그 꿈의 노예가 되지 않을 수 있다면,
그대가 말한 진실이 왜곡되어
바보들이 너를 욕하더라도
그대는 그것을 참고 들을 수 있다면,
그리고 만약 그대의 전 생애를 바친 일이
무너지더라도
몸을 굽히고 그걸 다시 일으켜 세울 수 있다면,

설령 그대에게 아무것도 남아 있지 않는다 해도
강한 의지로 그것들을 움직일 수 있다면,
만약 군중과 이야기하면서도
그대 자신의 덕을 지킬 수 있고
왕과 함께 걸으면서도

상식을 잃지 않을 수 있다면,
모두가 그대에게 도움을 청하되
그들로 하여금
그대에게 너무 의존하지 않게 만들 수 있다면,
그렇다면 세상은 그대의 것이며
그대는 비로소
한 사람의 어른이 되는 것이다

루디야드 키플링 Joseph Rudyard Kipling
(1865년 ~ 1936년, 인도의 소설가)

해설) 어려운 가정법이자 요구사항이지만 이 시대에 바람직하고 꼭 필요한 내용이다. 꿈을 갖더라도 꿈의 노예가 되지 않는다는 것은 중요하다. 꿈이라는 미명하에 그릇된 욕망에 사로잡히다가 끝내 파멸에 이르는 것을 많이 보기 때문이다. 왕과 함께 걸으면서 상식을 잃지 않는 것 또한 중요한 것이다. 돈의 노예, 권력의 노예가 많기 때문이다.
열린 시각으로 조금 떨어져서 관조하며 생을 여유있게 살자.

가장 중요한 것은 오늘, 이순간

두목, 길을 닦으려면 새 계획을 세워야지요.
나는 어제 일어난 일은 생각 안 합니다.
내일 일어날 일을 자문하지도 않아요.
내게 중요한 것은 오늘,
이 순간에 일어나는 일입니다.
나는 자신에게 묻지요.

'조르바, 지금 이 순간에 뭐하는가'
'잠자고 있네'
'그럼 잘 자게'
'조르바, 지금 이 순간에 뭐하는가?'
'일하고 있네'
'잘해 보게'
'조르바, 지금 이 순간에 뭐 하는가?'
'여자에게 키스하고 있네'
'조르바, 잘해 보게. 키스 할 동안 딴 일은 잊어버리게. 이 세상에는 아무것도 없네. 자네와 그 여자밖에는. 키스나 실컷 하게.'

'그리스인 조르바' 중에서

니코스 카잔차키스 Nikos Kazantzakis
(1883년 ~ 1957년, 그리스의 작가)

참나무

젊었거나 늙었거나
참나무 같은 삶을 살아라
싱싱한 황금빛으로 봄에 빛나고
여름에 무성하지만
가을이 찾아오면
더 맑은 금빛이다

마침내 나무 잎새 다 떨어진 추운날
보라 나목과 같이
벌거벗은 힘이 우뚝 섰다

알프레드.테니슨 Alfred Tennyson
(1809년 ~ 1892년, 영국의 시인)

해설) 참나무는 나무껍질에 타닌 함량이 많아 바닷가에서는 어망을 물들이는 데 사용한다. 재목은 매우 단단하여 쓰이는 곳이 많으며, 특히 술통을 만드는 재료로 안성맞춤이다. 한국어의 참나무 역시 진짜 나무라는 뜻이다.
쓰임새 많은 참나무처럼 어려울 때 가진 것 다 뺏기고 지금은 침체기라도 우뚝 서서 포기하지 않으면 여러가지 좋은 일이 생길 것이다.

아름다운 꿈을 향하여

인생이 슬픈 것은
목표에 도달하지 못하기 때문이 아니라
도달하려는 목표가 없기 때문이다

불행이란
꿈을 실현하지 못한 채 죽는 것이 아니라
꿈을 갖지 않는 것이다

새로운 생각을 하지 못하는 것이
불행한 것이 아니라,
새로운 생각을 하려고 하지 않을 때
불행한 것이다

하늘에 있는 별에 닿지 못하는 것이
부끄러운 것이 아니라,
도달해야할 별이 없는 것이
부끄러운 것이다

실패는 죄가 아니며
목표가 없는 것이 죄악이다
너와 나의 가슴에
아름다운 별을 달고 손잡고 나가자

인도의 무명 시인

너는 혼자가 아니다

네 곁에 항상 누군가 있다
아무도 네 편이 되어주지 않아 고독할 때도
너는 혼자가 아니다
심지어 작은 날벌레라도 날아와
너를 위로해 줄 것이다

가까운 사람이 죽었거나
사랑하는 사람이 떠났더라도
너는 혼자가 아니다

조그만 안테나를 세우면 그것을 알 수 있다
귀의 친구인 음악이 있고
눈의 친구인 영화가 있고
머리의 친구인 책이 있고
입의 친구인 마실 물이 있다

마음을 조금만 열면
네 가족이 될 강아지나
착한 이웃이 있다
너는 결코 혼자가 아니다

김율도 Kim uldo
(1965년 ~ , 한국의 시인)

징기스칸 이야기

나는 아홉 살 때 아버지를 잃고
마을에서 쫓겨났다

나는 들쥐를 잡아먹으며 연명했고
목숨을 건 전쟁이 내 직업이고 내 일이었다

그림자말고는 친구도 없고 병사로만 10만
백성은 어린애, 노인까지 2백만도 되지 않았다

나는 내 이름도 쓸 줄 몰랐으나
남의 말에 귀 기울이면서
현명해지는 법을 배웠다

나는 목에 칼을 맞고도 탈출했고
뺨에 화살을 맞고 죽었다 살아나기도 했다
적은 밖에 있는 것이 아니라 내 안에 있었다

내게 거추장스러운 것은 싹 쓸어버렸다.
나를 극복하는 그 순간 나는 징기스칸이 되었다.

징기스칸 Chingiz Khan
(1167년 ~ 1227년, 몽골제국의 제 1대왕)

태양이 될 수 없다면 별이 되어라

그대 만일 저 언덕의 소나무가 되지 못한다면,
산골짜기의 잡목이 되어라
여울가의 가장 좋고 아름다운 나무가 되어라
만일 나무가 되지 못한다면 넝쿨이 되어라

그대 넝쿨이 되지 못하거든 작은 풀이 되어라
그리고 길거리를 보다 아름답게 하라
그대 사향이 되지 못하겠거든 갈대가 되어라
그러나 호수에서 가장 오래 사는 갈대가 되어라

우리 모두가 선장이 될 수는 없고
선원이 되는 이도 있으리라
그러나 모두가 무언가 할 일도 있을 것이다
큰 일도 있고 작은 일도 있을 것이니,
그 일은 해야만 하는 것은 모두 마찬가지다

그대 만일 큰 길이 되지 못하겠거든
아주 작은 오솔길이 되어라
그대 만일 태양이 될 수 없으면 별이 되어라
실패와 성공은 크기에 있는 것이 아니니,
무엇이 되더라도 가장 좋은 것이 되어라

더글러스 마로크

물물교환

인생을 살다보면
공짜로 얻는 것보다
멋진 것들을 사야할 때가 있어요
한결같이 아름답고 훌륭한 것들
벼랑에 하얗게 부서지는 푸른 파도
잔처럼 경이로움을 가득 담고
쳐다보는 아이들의 얼굴
금빛으로 빛나는 음악소리
비에 젖은 솔 내음을 얻기위해
당신을 사랑하는 눈매, 보듬어 안는 팔을 위해
전 재산을 털어 아름다움을 사세요
사고 나서는 값을 따지지 마세요
한순간의 환희를 위해
당신의 모든 것을 바치세요

새러 티즈데일 Sara Teasdale
(1884~1933, 미국의 여류시인)

해설) Life will not give but she will sell.
이 세상에는 공짜는 없다. 일하기 싫으면 먹지도 말라. 비에 젖은 솔내음을 얻기위해 전 재산을 털어야 한다,고 한다. 적어도 내가 준 것만 따지고, 내가 받은 것은 망각하는 나쁜 사람은 되지말자.

오늘을 보라

오늘을 보라
그것은 바로 생명의 삶이다
이 간단한 과정 속에
당신 존재의 모든 진실과 현실이 달려 있다
성장의 둘도 없는 기쁨,
행동의 영광,
성취의 빛남은
오직 시간이 지나야 경험하는 것들이다

어제는 단지 꿈이다
그리고 내일은 단지 전망이다
오늘을 잘 사는 것이
어제를 행복한 꿈으로
모든 내일을 희망한 전망으로 만든다
그러므로 오늘을 잘 보라
이것이 언제나 새로운 새벽의 인사다!

칼리다사 Kalidasa
(4~5세기에 걸쳐 활약한 인도의 시인)

해설) 과거에 집착하지 말고 내일의 꿈만 꾸지 말고 오늘을 성실히 즐겁게 살면 언제나 행복하다는 말씀.

하늘이 나에게 복을 조금 준다면

하늘이 나에게 복을 조금 준다면
나는 내 덕을 두텁게 쌓아 이를 극복할 것이며

하늘이 내 몸을 고생스럽게 한다면
나는 내 마음을 편안하게 하여
이를 보충할 것이며

하늘이 나를 가난하게 한다면
나는 내 도를 깨우쳐 이를 통하게 할 것이다
그러니 하늘인들 나를 어찌하겠는가

'채근담' 에서

다친 축구선수가 가수로

오래 전 스페인 마드리드에서
어느 축구선수가 교통사고를 당해서
심각한 부상을 입었습니다.
당시 그 선수는 한창 떠오르는 신인이었고,
장래는 누구보다 밝았습니다.
그런데 단 한 번의 사고 때문에 모든 것이
한 순간에 물거품이 되고 말았습니다.
그는 더 이상 축구화를 신고
동료들과 함께 푸른 잔디를
마음껏 내달릴 수 없었습니다.

그는 절망한 채 병상에 누워 있었습니다.
어떤 말에도 관심을 기울이지 않았습니다.
한창 시기에 꺽여버린 자신의 꿈은
그 무엇으로도 보상이 될 것 같지 않았습니다.

그때 한 간호사가 그를 위로하기 위해서
기타를 가져다 주었습니다.
그는 간호사가 건네는 기타를 받아 들었고,
이날부터 그는 전혀 새로운 길에
들어서게 되었습니다.

예상치 못한 부상 때문에
축구 영웅이 되는 꿈을 접어야 했던

이 젊은이는 대신 아름다운 음성으로
전세계 사람들을 사로잡았습니다.
병상에 누워 있었을 때 건네진
기타라는 위로 때문에 가능한 일이었습니다.

이후로 사람들은 그를 축구 선수가 아닌
가수 훌리오 이글레시아스(Julio Iglesias)로
기억하게 되었습니다.

사랑이 듬뿍 담긴 위로의 선물이,
위로의 말 한 마디가
좌절과 절망속에 빠져 버린 한 젊은이의 인생을
바꾸어 놓았습니다.
축구선수에서 가수로 말 입니다.

작자미상

우리가 미처 몰랐던 사실

'실락원' 의 작가 밀턴은 시각장애인이었고
낭만파의 거장 바이런은 지체장애인이었죠.
'인간의 굴레' 를 쓴 서머셋 모옴은
언어장애인이었고
우화의 대표작가 이솝은 척추장애인이었습니다.

인도와 바꿀 수 없다고 한 세익스피어도
다리를 몹시 절었다고 하고
'돈키호테' 의 작가 세르반테스는
한쪽 팔이 없었습니다.

그뿐 아니라
방대한 중국 고대 역사를 집대성한 사마천은
궁형으로 장애를 갖게된 후 '사기' 를 집필했고
'손자병법' 은 손자가 다리 한쪽을 잃은 후
더 이상 전쟁터에 나갈 수 없게 되자
싸우는 비법을 글로 적게된 것이죠.

마가렛 미첼의
불후의 명작 '바람과 함께 사라지다' 도
미첼이 계단에서 굴러 다리에 기브스를 하고
직장에 나갈 수 없게 되자
그 동안 취재를 하며 보고 느낀 것을
소설의 형식을 빌어 옮겨 놓은 것입니다.

그들에게는 장애가 있었기 때문에
더 글을 잘 쓸 수 도 있다고
생각할 수도 있지만
그보다는
더 많은 장애인이 있었지만
쓰지 않은 장애인도 있었던 것입니다

이들은 자기 환경에 맞게
노력했던 장애인이었습니다

율도국 편집부

어머니와 나무

바구니를 건네며 어머니는 말씀하셨죠
"매끈하고 단단한 씨앗을 골라라
이왕이면 열매가 열리는 것이 좋겠구나
어떤걸 골라야 할 지 너무 많은 생각을 하지 마라
고르는 것도 중요하지만 키우는 것도 중요하지

오는 길에 짐이 무겁지 않았으면 좋겠구나.
오는 길이 불편하다면 욕심이 너무 많았던 게지
또 오늘 산 것들에 대해 너무 많이 생각하지 마라
사람들은 지나간 것에 대해 생각하느라
시간을 허비하곤 하지

씨앗을 심을 때는 다시 옮겨 심지 않도록
나무가 가장 커졌을 때를 생각하고
심을 곳을 찾으렴
위로 향하는 것일수록
넓은 곳에 단단히 뿌리를 내려야 하는 거란다

모양을 만들기 위해 가지치기를 하지 마라
햇빛을 많이 받기 위해선
더 많은 잎들이 필요한 법이란다
타고 난 본성대로 자랄 수 있을 때
모든 것은 그대로의 순함을 유지할 수가 있단다

낙엽을 쓸지 말고, 주위에 피는 풀을 뽑지 말고

열매가 적게 열렸다고 탓하기보다
하루에 한번 나무를 쓰다듬어 주었는지
생각해 보렴

나무도 공기가 움직여야 숨을 쉴 수가 있단다
바람이 나무를 흔드는 것과
나무가 움직여 바람을 만드는 것은 같은 것이지

열매를 따면 네가 먹을 것만 남기고 나눠 주렴
무엇이 찾아오고 떠나가는지,
창가의 공기가 어떻게 변하는지 지켜보렴
나무를 키운다는 건
오래 바라보고 생각하는 것을 배우는 거야

태풍이 분다고, 가뭄이 든다고 걱정하지 마라
매일 화창한 날씨가 계속되면
나무는 말라 죽는 법이지
우리의 마음도 마찬가지란다
모든 생명있는 것들은 아프고 흔들린다는 것을
명심해라"

어머니, 그대가 주었던 씨앗 하나
마당에 심어 이제는 큰 나무가 되었습니다.

작자미상

약하면서 강한 것 4가지

이 세상에는 약하면서도 강자에게
공포감을 느끼게 하는 것이 네가지가 있다

모기는 사자에게 공포감을 주고
거머리는 코끼리에게 공포감을 주고
파리는 전갈에게 공포감을 주고
거미는 매에게 공포감을 느끼게 한다

아무리 크고 힘이 센 자라도
항상 막강한 것은 아니다
또 아무리 약한 것이라도
어떤 조건만 갖추어지면
강한 자를 이길수 있는 것이다

'탈무드' 에서

꽃의 학교

어머니, 꽃은 땅속의 학교에 다녀요
꽃은 문을 닫고 수업을 받죠
아직 공부시간이 끝나지도 않았는데
밖으로 놀러 나가려고 하면
선생님은 꽃을 한쪽 구석에 세워두죠
비가 오면 쉬어요
숲 속에서 나뭇가지가 부딪치고
잎은 심한 바람에 솨아 솨아 소리지르며
천둥 구름이 큼직한 손을 두드려 손뼉을 쳐요
그 순간 꽃의 어린이들은 일제히 뛰어 나옵니다
분홍빛, 노란빛, 하이얀 빛깔의 옷을 입고서

어머니 아세요?
꽃의 집은 별이 윙윙거리는 하늘이라는 것을
꽃들이 하늘로 가려고 애쓰는 것을 보셨나요?
왜 꽃들이 서두르는지 아세요?
나는 꽃들이 누구를 향해 팔을 드는지 알아요
그들에게도 나처럼 어머니가 계시거든요

라빈드라나드 타고르 Rabindranath Tagore
(1861년 ~ 1941년, 인도의 시인)

Ⅳ. 희망과 변화

희망은 날개를 가지고 있다

희망은 날개를 가지고 있다
영혼 속에서
가사없는 노래를 부르면서
결코 멈추지 않는다

광풍 속에서 더욱 아름답게 들린다
폭풍우도 괴로워하리라
이 작은 새를 당황케 하여
많은 사람의 마음을 따뜻하게 했는데

얼어붙는 추운나라나
먼 바닷가에서 그 노래를 들었다
그러나 어려움 속에 있으면서 한 번이라도
빵조각을 구걸하는 일은 하지 않았다

에밀리 디킨슨 Emily Dickinson
(1830년 ~ 1886년, 미국의 여류시인)

내 자신을 먼저 변화시켰더라면

내가 젊고 자유로워서
상상력의 한계가 없었을 때
나는 세상을 변화시키겠다는 꿈을 꾸었다

내가 성장하고 현명해 질수록
나는 세상이 변하지 않으리라는 걸 발견했다
그래서 내 시야를 약간 좁혀
내가 사는 나라를 변화시키겠다고 결심했다
그러나 그것 역시 불가능해 보였다

내가 황혼의 나이가 되었을 때
나는 필사적인 한 가지 마지막 시도로
가장 가까운 가족을 변화시키겠다고 결정했다
그러나 아아, 아무도 변화를 받아들이지 않았다

그리고 이제 죽음의 자리에 누워
나는 문득 깨닫는다

만일 내가 자신을 먼저 변화시켰더라면
그것이 거울이 되어
내 가족을 변화시켰을 텐데
그것의 영감과 용기로부터
나는 내 나라를 더 좋아지게 할 수 있었을 텐데

그리고 누가 아는가
내가 세상까지도 변화시켰을지!

웨스트민스터 대성당 영국 성공회 주교의 묘비명

평가할 줄 알라

누구라도 어떤 일에서
타인의 스승이 될 수 있다
그리고 남보다 우월한 사람이라도
누군가에 의해 압도당할 수 있다

현명한 자는 모든 것을 평가할 줄 안다
그는 어떤 것에서든 좋은 것을 찾아낼 줄 알고
어떤 일을 좋게 하려면
어느 정도의 노력이 있어야 하는지도 안다.

어리석은 자는 모든 사람을 멸시한다
그런 사람은 좋은 것을 분간할 줄 모르고
더 나쁜 것을 선호한다

발타자르 그라시안 Baltasar Gracian
(1601년 ~ 1658년, 스페인 철학자)

통찰력을 지녀라

통찰력을 지녀라
아니면 통찰력을 가진 자에게 귀 기울여라
자신의 것이든 빌어온 것이든
분별력이 없으면 살아갈 수 없다
그러나 많은 이들은 자신의 무지를 알지 못하고,
또 어떤 이들은 안다고 믿으나
실제로는 아무것도 알지 못한다

무지한 자는 자신을 알지 못하기에
무지에서 벗어날 생각도 하지 않는다
스스로 현명하다고 믿지 않는 자가 현명한 것이다
그렇기에 지혜로운 자는 드물기도 하지만
있어도 할 일이 없다
아무도 그들에게 조언을 구하지 않기 때문이다

다른 이의 조언을 듣는 것이
그대의 위대함을 깎는 일은 아니며
능력이 없음을 나타내는 것도 아니다
오히려 그대가
위대하고 능력있는 자임을 보여주는 것이다

발타자르 그라시안 Baltasar Gracian
(1601년 ~ 1658년, 스페인 철학자)

화를 낼 때의 기술

가능하면 이성적으로 생각하여
비천한 노여움을 보이지 마라
현명한 자에게 이는 어려운 일이 아니다

노여움이 생기면 우선 자신이
화내고 있음을 인지하라
그 다음엔 그것이
어떤 파장을 가져올지 생각하라
노여움이 어디까지 가야하고
어디에서 멈춰야 할지를 측정하라
움직일 때 가장 하기 힘든 일은
멈추는 것이기 때문이다

어리석은 자들이 헤매고 있을 때
홀로 현명한 행동은
위대한 지혜를 보여 주는 것이다
과도한 열정이란
모두 이성적인 본성에서 벗어나는 것이다

발타자르 그라시안 Baltasar Gracian
(1601년 ~ 1658년, 스페인 철학자)

모든 것은 변화한다

모든 것은 변화한다. 마지막 숨을 거두며
당신은 새로 시작할 수 있다
그러나 이미 일어난 일은 어쩔 수 없다. 당신이
포도주 속에 부은 물을 당신은
다시 퍼낼 수 없다

이미 일어난 일은 어쩔 수 없다. 당신이
포도주 속에 부은 물을 당신은
다시 퍼낼 수 없다. 그러나
모든 것은 변화한다. 마지막 숨을 거두며
당신은 새로 시작할 수 있다

베르톨트 브레이트 Bertolt Brecht
(1898년 ~ 1956년, 독일의 시인, 작가)

해설) 모든 것은 변화한다는 주관적이고 객관적인 사실을 통찰하며 마지막 숨을 거두면서까지 새로 시작할 수 있다는 희망의 메세지는 강력하다.
구성은 반복적으로 배치했는데 1연과 2연은 강조하기 위해 같은 내용이지만 문장 순서를 바꾸니 묘한 느낌이고 길게 여운이 남는다.

내 인생에 가을이 오면

나는 나에게 물어볼 이야기가 몇 가지 있습니다

내 인생에 가을이 오면
나는 나에게 사람들을
사랑했는지에 대해 물을 것입니다
그 때 가벼운 마음으로 대답하기 위해
나는 지금 많은 이들을 사랑해야겠습니다

내 인생에 가을이 오면
나는 나에게 열심히 살았느냐고 물을 것입니다
그 때 자신있게 말할 수 있도록
나는 지금 맞이하고 있는 하루하루를
최선을 다하며 살아야겠습니다

내 인생에 가을이 오면
나는 나에게 사람들에게
상처를 주지 않았느냐고 물을 것입니다
그 때 얼른 대답하기 위해
지금 나는 사람들에게
상처를 주는 말과 행동을 하지 말아야 겠습니다

내 인생이 가을이 오면
나는 나에게 삶이 아름다웠냐고 물을 것입니다
나는 그 때 기쁘게 대답하기 위해

지금 내 삶의 날들을 기쁨으로
아름답게 가꿔가야 겠습니다

내 인생에 가을이 오면
나는 나에게 어떤 열매를 얼마만큼
맺었느냐고 물을 것입니다
그때 나는 자랑스럽게 대답 하기 위해
지금 나는 내 마음 밭에 좋은 생각의 씨를
뿌려 놓은 좋은 말과 행동의 열매를
부지런히 키워 가겠습니다

윤동주 Yoon DongJu
(1917년 ~ 1945년, 한국의 시인)

올바른 정의

포도로 포도주를 만들고
숯으로 불을 피우고
키스로 인간을 만드는 것
이것이 인간의 뜨거운 법칙이다

전쟁과 비참에도 불구하고
죽음의 위험에도 불구하고
본연의 자태를 그대로 간직하는 것
이것이 인간의 가혹한 법칙이다

물을 빛으로, 꿈을 현실로
적을 형제로 변하게 하는 것
이것이 인간의 부드러운 법칙이다

어린애의 마음속에서부터
최고 이성에 이르기까지
항상 완성시켜가는
낡고도 새로운 법칙이다

폴 엘뤼아르 Paul Eluard
(1895년 ~ 1952년, 프랑스 시인)

해설) 1연의 법칙은 쉬울 것 같고 2연의 법칙은 조금은 어려워 보이는데 3연의 법칙은 노력하면 가능할 것 같다.

소녀들에게 주는 충고

너희가 할 수 있는 동안에 장미송이를 모아라.
'늙은 시간' 은 계속 날아가
오늘 미소짓는 이 꽃이
내일이면 지고 말지니
하늘의 등불인 저 태양이
높이 오를수록 빨리 달리기는 끝나고
저녁놀에 더 가까워지리

젊음과 피가 뜨거운
인생의 첫 시절이 가장 좋으나
그것이 사라지면 더 나쁜, 가장 나쁜
시절이 잇따르리라.
그러니, 수줍어 말고 시간을 활용하라.
그리고 할 수 있는 동안에 결혼하라
청춘을 한번 보내 버리면
너희는 영원히 기다려야 하느리라.

로버트 헤릭 Robert Herrick
(1591년 ~ 1674년, 영국의 시인)

해설) 처녀들이여, 할 수 있는 동안에 빨리 결혼하라. 우리는 공부나 다른 것 때문에 자연스러움을 잃었다. 남들에게 떠밀려 억압되었다. 몸의 청춘은 지나가는데 결혼만 안하면 언제까지나 청춘인 줄 안다. 자연에 순응하며 살자.

인생을 꼭 이해할 필요는 없다

인생이란 꼭 이해할 필요는 없는 것
그냥 내버려두면 축제가 될 터이니
길을 걸어가는 아이가
바람이 불 때마다 날려오는
꽃잎들의 선물을 받아들이듯
하루하루가 네게 그렇게 되도록 하라

꽃잎들을 모아 간직해두는 일 따위에
아이는 아랑곳하지 않는다
제 머리카락 속으로 기꺼이 날아 들어온
꽃잎들을 아이는 살며시 떼어내고
사랑스런 젊은 시절을 향해
더욱 새로운 꽃잎을 달라고 두 손을 내민다

라이너 마리아 릴케 Rainer Maria Rilke
(1875년 ~ 1926년, 체코의 시인)

살아있는 것은 부드럽고 죽은 것은 단단하다

사람이 살아있을 때는
부드럽고 약하지만
죽으면 단단하고 강해집니다
온통 풀과 나무가 살아 있으면
부드럽고 연하지만
죽으면 말라 뻣뻣해집니다
그러므로
단단하고 강한 사람은 죽음의 무리이고
부드럽고 약한 사람은 삶의 무리입니다

군대가 강하면 이기지 못하고
나무가 강하면 꺾이고 맙니다

강하고 큰 것은 밑에 놓이고
부드럽고 약한 것은 위에 놓이게 됩니다

노자의 ‘도덕경’ 중에서

가장 중요한 것

어떤 사람이 성자에게 물었다.

"인생에서 가장 중요한 때는 언제이며, 가장 중요한 사람은 누구이며, 가장 중요한 일은 무엇입니까?"

"가장 중요한 시간은 현재이다. 그것은 지금 이 순간만이 우리가 스스로를 통제하고 고쳐나갈 수 있기 때문이다.

그리고 가장 중요한 사람은 지금 당신 앞에 있는 사람이다.

앞으로 어떤 사람과 관계를 맺을지 알 수 없기 때문에 현재 당신 앞에 있는 사람에게 충실해야 한다.

마지막으로 가장 중요한 일은 당신 앞에 있는 사람과 서로 사랑하는 일이다.

우리 인간은 서로 사랑하고 사랑받기 위해 태어났기 때문이다."

인생에 대한 가장 고귀한 생각은 평범한 일상 속에서 나타난다.

매순간 신을 생각하고 앞으로의 일을 기다리는 사람만이 마음의 평화와 행복한 가정과 안정된 생활을 보낼 수 있다.

인간의 영원한 생명을 받고 있는 사람만이 모든 순간마다 행복을 느낄 수 있다.

우리에게 스쳐지나가는 사소한 일에서도 의미를 갖고 작은 깨달음을 얻는 사람만이 작은 의무도 소홀히 하지 않고 그것을 통해 보람을 느낀다."

톨스토이 Tolstoi
(1828년 ~ 1910년, 러시아 시인, 소설가)

정해진 틀에서 벗어나세요

오스카 와일드는 말하기를
"불변은 상상력 없는 인간의 마지막 피난처다."

그러니 6시 5분에 기상하는 것을 그만두고
5시 6분에 일어나 보세요
새벽녘에 산보도 하고요
출근길을 새로운 코스로 바꿔도 보시고요
다음 토요일엔 당신의 배우자와
집안일을 바꾸어 해 보세요
중국 냄비를 사 보세요
야생화를 연구해 보기도 하고요
혼자서 밤을 새워도 보고
맹인에게 책을 읽어 주기도 하고
갈색눈을 가진 금발머리 여자나 또는
그냥 금발머리 여자가 몇이나 되는지 세어 보든가
지방 신문을 구독해 보든가
한밤중에 카누를 저어 보든가 하시지요
당신 지역구의 국회의원에게 편지는 쓰지말고
그 대신 소년단 전원을 데리고
그를 면회하러 가 보세요
이태리어 회화를 공부해 보든가
아이들에게 당신이 가장
자신있는 것을 가르쳐 주든가
쉬지 않고 2시간 동안

모짜르트를 들어 보든가
에어로빅 댄스를 시작해 보든가
정해 놓은 틀에서 벗어나세요
인생을 즐겨 보세요
인생길은 누구나
한 번밖에 지나갈 수 없음을
기억하면서 말입니다

유나이티드 테크놀러지사의 기업 광고카피
'카피카피카피' 중에서 신해진 역

슬기는 단순한 데 있다

나는 지혜를 모아 이 모든 것을 알아보려 했다.
나는 스스로 지혜있는 자라고 생각했는데 어림도 없었다
나로서는 세상만사 알 길이 없었다

나는 지혜롭게 계획을 세우고 산다는 것이 어떤 것인지
더듬어 찾아 알아보려고 거듭 애써보았다
그래서 악하게 사는 것은 어리석은 짓이요,
어리석음은 곧 얼빠진 노릇임을 깨달았다

설교자는 말한다
내가 깨달은 것은 이것이다
해답을 얻으려고 하나하나 더듬어 찾아보았지만
아무리 애타게 찾아도 아직 찾지 못했다

하느님께 좋게 보이는 사람은 거기에서 벗어날 수 있지만 죄인은 잡히고 만다
그러나 이것 하나만은 깨달았다
하느님은 사람을 단순하게 만드셨는데 사람들은 공연히 문제를 복잡하게 만든다

그러면 어떤 사람이 지혜있는 사람인가?
사리를 알아 제대로 풀이할 수 있는 사람은 어

떤 사람인가?

찡그린 얼굴을 펴고 웃음을 짓는 사람이 지혜있는 사람이다

전도서 7,23-8,1

내 나이 스물하고도 한 살 적에

내 나이 스물하고도 한 살 적에
슬기로운 사람이 말했다

"돈이 있거든 얼마든지 포기해도
네 마음은 버리면 안 되느니라.
금은보화는 다 버려도
네 마음을 버리면 안 되느니라."

그러나 내 나이 스물하고도 한 살 적에
내겐 일러 주어도 아무 소용없었다

내 나이 스물하고도 한 살 적에
그 사람이 또다시 말했다

"가슴에서 내어 준 마음은
그냥 버리면 안 되는 것이다
버리면 깊은 한숨으로 그 값을 치르나니
그리고 끝이 없는 후회뿐"

내 나이 이제 스물 두 살,
오 정말이어라, 정말이어라

알프레드 에드워드 하우스만 A.E Housman
(1859년 ~ 1936년, 영국의 시인,학자)

해설) 지금은 20세가 되면 법적으로 성년이 되지만 1800년대 당시만 해도 21세가 되어야 성년이 되었다. 성년을 맞는 이에게 당부하는 말이다. 돈보다는 진심어린 마음을 중요하게 생각하라 한다. 그 당시에도 황금 만능 사상이 팽배했나보다. 자본에 대해 죄의식이 없고 오히려 중요하게 생각하는 서양에서 조금은 의외의 가르침이다. 하지만 조그만 생각해 이러한 가르침은 옛날부터 있었다. 성경의 '부자가 천국에 들어가는 것이 낙타가 바늘 귀로 들어가는 것보다 훨씬 어렵다' 라는 귀절이 그것이다. 이 시에서는 돈도 중요하지만 진심으로 우러나온 마음이 더 중요하다는 뜻이리라.

한 번 더 생각하기

이른새벽 시끄러운 자명종소리에 깼다면
그건 내가 살아있다는 뜻이고

파티를 하고 나서 치워야 할 게 너무 많다면
그건 지금 내가 잘먹고 산다는 것이고

닦아야할 유리창, 고쳐야할 하수구가 있다면
그건 내가 잠잘 집이 있다는 것이고

주차장 맨 끝 먼곳에 겨우 자리가 하나있다면
그건 내가 걸을 수 있는데 차도 있다는 것이고

난방비가 너무 많이 나왔다면
그건 내가 따뜻하게 살고 있다는 것이고

세탁하고 다림질 해야할 일이 산더미라면
그건 나에게 입을 옷이 많다는 뜻이고

온몸이 뻐근하고 피로하다면
그건 내가 열심히 일했다는 뜻이겠죠 ?

교회에서 뒷자리 아줌마의
엉터리 성가가 영 거슬린다면
그건 내가 들을 수 있다는 것이고

그리고 이메일이 너무 많이 쏟아진다면
그건 나를 생각하는 사람들이
그만큼 많다는 것이지요

작자미상

바람과 그림자

어떤 사람의 곁에 그림자가 있었습니다. 그는 그림자에게 잘해 주었고 그림자는 말없이 그의 곁을 지켰습니다.

어느 날, 질투심 많은 바람이 말했습니다. "왜 그림자에게 잘해 주세요?" 그러자 그는 말했습니다. "그림자는 항상 내 곁에 있어 주기 때문이지" 바람이 다시 말했습니다. "핏, 아니에요. 그림자는 당신이 기쁘고 밝은 날만 잘 보이지, 어둡고 추울 때엔 당신 곁에 있지 않았다고요"

그는 그림자에게 "더 이상 내 곁에 있지 말고 가 버려!" 하고 말해 버렸어요. 그 한마디에 그림자는 조용히 사라졌습니다.

그는 바람과 함께 즐겁게 지냈습니다. 그러나 잠시 스친 바람은 조용히 사라져 버렸습니다. 너무나 초라해져 버린 그는 그림자를 그리워하게 되었답니다. "그림자야! 어디 있니? 다시 와 줄 순 없을까?" 그림자는 다시 그의 곁에 있어 주었습니다. 그리고 그림자는 이렇게 말했지요. "난 항상 당신 곁에 있었답니다. 어두울 때는 당신이 보지 못했을 뿐입니다. 왜냐고요? 힘들고 슬프고 어두울 때는 난 당신에게 더 가까이 다가가고 있었기 때문이에요. 너무나 가까이 있어서 당신이 볼 수가 없었나 봐요."

작자미상

사장이 된 거지

프랑스 파리에 한 거지가 있었네
그는 길가에 앉아 구걸을 했지

한 중년 신사는 매일 그에게 동전을 주었어
그러나 거지가 건강한 것을 보고 하루는 거지를 꾸짖었어

"당신처럼 사지가 멀쩡한 사람이 구걸을 한다는 것은 부끄러운 일이오. 나도 한때는 당신처럼 거지였소. 그러나 나는 돈 대신 책을 구걸했소. 헌 책과 종이를 모아 제지소에 팔았소. 지금은 그 돈으로 제지공을 세워 사장이 됐다오."

그날부터 거리에서 그 거지의 모습이 사라졌지
몇 년 후 중년 신사가 파리의 한 서점에 들렀더니
서점 주인이 다가와 절을 하며 말했어

"제가 10년 전 파리의 걸인입니다. 선생님의 따끈한 충고를 받아들여 지금은 50명의 직원을 거느린 서점의 주인이 됐지요."

작자미상

세계적인 작가의 숨겨진 힘

17세부터 부모와의 불화로
수 차례 정신병원에 입원했다
청년기에 록밴드를 결성하고
히피문화에 빠져도 보았다

1973년 친구와 함께 만화잡지를 창간했으나
잡지의 성향이 급진적이라는 이유로
브라질 군사정권에 의해 두 차례 수감되고
고문당했다.

그후 세계적인 음반회사의 중역으로
안정된 생활을 하다가
1986년, 모든 것을 버리고 순례를 떠났다.
순례가 전환점이 되어
첫 작품인 에세이 '순례자'를 썼고

소설 '연금술사'를 써서 세계적 작가가 되었다.
그 후 발표하는 작품마다 큰 호응을 얻었다

그의 이름은 코엘료
젊은 시절 방황과 여러가지 시도가
작가의 힘이었다

율도국 편집부